10초는 영원히

wefic

10초는 영원히

황모과

위즈덤하우스

질식할 듯 고리타분한 공기가 오늘도 교실 곳곳을 떠다니고 있었다. 하품 한번 한 것치고는 과하게 뜨거운 눈물이 흘렀다. 서러움에 마음속으로 외쳤다. 내가 뭘 그렇게까지 잘못했다고 이런 감옥에 살고 있나? 물론 학교 밖에 나간다고 감옥이 아닐 리 없다. 그러니 졸업 후 개과천선할지는 나도 장담할 수 없다. 삐뚤어진 수감자는 나뿐만이 아니다. 선생님들도 참 불쌍하다. 우리 대신 모범수를 연기하는 가식적인 교사들을 보며 생각했다. 저분들도 교사를 연기하고 있는 건 아닐까? 집에 가면 다들 비윤리적이고 반사회적일 것 같아. 사는 건 그냥 재미없는 연극이다. 이런 공허한 무대 위에서조차 역할 없는 엑스트라에 불과하다는 사실이 나는 심히 민망했다. 이래서 내가 학교에선 잠들 수밖에 없는 거다. 오늘도 잠이 쏟아졌다. 잠든다는 건 꼼짝도 하지 않는다는 뜻이고 선생님들과도 충돌하지 않는다는 뜻이다. 잠든 나를 건드리지만 않는다면 이 감옥은 적어도 평온을 가장할 수 있다.

나는 천천히 규칙적으로 몸을 흔들며 잠들 준비를 했다. 흔들림 덕에 딱딱하던 자리도 요람처럼 편안하게 느껴졌다. 교실 뒤편에는 학급 인원수만큼 캡슐 침대가 놓여 있지만 수업 중엔 내 침대에 들어갈 수도 없었다. 그냥 좀 편하게 자게 해주면 안 되나?

자려고 마음먹으니 잊고 싶었던 복잡한 일들이 또렷하게 떠올랐다. 지난주에 사장님은 나보고 더 이상 안 와도 된다고 말했다. 정확히는 더 이상 저 꼴을 볼 일 없어서 속 시원하다고 했다. 쳇, 나야말로 역겹던 속을 다 게워낸 듯 시원했다. 알바고 뭐고 다 때려치울 각오로 한판 붙었다. 재수 없는 꼰대 사장 같으니라고. 대머리와 배불뚝이는 패션으로 가릴 수 있을지 몰라도 사람의 눈 속에 들어앉은 괴랄함은 무엇으로도 가릴 수가 없다. 제 눈을 빤히 들여다볼 일이 없어 모르는 거다. 자기가 흉하다고 생각하지 않는 자들일수록 평소에 거울을 좀 자주 들여다봐야 한다. 나로 말할 것 같으면 근성이 음침한 애인 걸 잘 알기 때문에 굳이 거울을 보진 않는다. 내가 친구가 없는 이유는 거울을 보지 않기 때문이라고 해두자. 그래도 사장님 팔뚝에서 뚝뚝 떨어지는 피를 보자니 좀 미안하긴 했다.

솔솔 잠이 쏟아지기 직전, 낙서처럼 칠판 구석에 적힌 알림 사항이 눈에 들어왔다.

전학생 강류비

특이사항: 눈에 뵈는 인간이 없음

흠, 나 같은 애가 한 명 더 오는군? 앞자리에 앉은 혜율이에게 칠판을 가리키며 오늘 전학생이 오냐고 물었다. 언제나처럼 뾰로통한 표정으로 혜율이가 반장답게 아는 정보를 꿰었다. 얘는 자기가 아는 건 친절하게 다 얘기해준다. 근데 표정 때문에 맨날 불친절하다는 오해를 받는다.

"시각 장애가 있대. 사물은 보이는데 인간이 보이지 않는 희귀한 병이래."

혜율이 설명에 의하면 본인이 빨리 걸으면 사물들도 형체가 흐릿하게 보인단다. 본인 눈에 보이지 않을 뿐 인간이 존재하긴 하니, 곁에서 말하는 사람들의 소리는 들린다고 했다. 설명을 들으면서 생각해보니 그거야 당연하겠지 싶었다. 안 보인다고 다 안 들릴 리는 없잖아?

"그거 좀 심심하겠어."

교실에서 종일 티브이만 보는 용철이 아저씨가 심드렁하게 말했다. 유급을 도대체 몇 번이나 했는지 형이라기보단 아저씨라는 별명이 어울리는 나이다. 언제나 커다란 헤드폰을 끼고 사는 용철이 아저씨는 시각적 자극이 없는 라디오 드라마 같은 건 심심해서 못 들을 사람이었다. 혜율이는 항시 들고 다니는 전용 효자손으로 악성 피부염에 고통받는 등을 벅벅 긁으며 말했다.

“심심하다기보단 고독하겠지.”

나는 두 사람과는 다르게 생각했다.

‘대박, 속 편하겠다!’

남들도 나를 아예 못 본다면 더욱 좋겠지만 투명인간이 될 수 없다면 내 눈에라도 안 보이는 게 나을 것 같다. 게다가 사물은 보인다니 천천히만 걷는다면 사는 데에는 지장 없을 거다. 나는 졸린 와중에도 부럽다고 생각했다. 그때 전학생인 듯한 한 아이가 기둥 뒤에서 불쑥 나타난 것처럼 모습을 드러냈다. 선생님도 없이 홀로 교단에 선 그 아이는 교실 뒤쪽을 노려봤다. 딴짓하던 애들도 잠시 침묵이라는 예의를 보였다. 근데 재, 사람은 안 보인다면서 지금 나를 똑바로 노려보는 거 같은데? 내 자리가 교단과 일직선에 놓이긴 했지만 조금 신경 쓰였다. 나는 몸을 살짝 좌우로 흔들어보았다. 그 애의 눈이 더 이상 나를 따라오지 않았다.

류비는 생각보다 밝고 엉뚱한 애였다. 전혀 불쌍해 보이지 않았고 일절 심심해 보이지도 않았고 무엇보다 고독해 보이지 않았다.

"안녕, 난 강류비야. 나는 사람을 볼 수 없어. 하지만 사람이 사물이 되면 볼 수 있어. 네가 움직임을 멈추고 날 10초 동안 바라본다면, 난 널 볼 수 있어."

흠, 무궁화 꽃이 피었습니다 게임도 아니고 무슨 소리지? 이어지는 류비의 말은 더 이상했다.

"하나 더, 내가 널 사랑하게 만들고 싶다면 내게도 그 순간부터 10초는 더 줘야 해. 그럼 우리는 서로 볼 수 있고 사랑할 수 있어."

혜율이가 효자손으로 온몸을 벅벅 긁으며 외쳤다.

"어휴, 또 닭살! 나 이거 몇 번째니?"

중기가 혜율이의 호들갑스러운 목소리를 들으며 빈정댔다.

"아마 여덟 번째일걸?"

나도 피식 헛웃음이 터졌다. SNS 감성 포스트가 요즘 애들을 다 망쳐놓은 게 분명했다. 잠깐 허락된 침묵 이후 교실은 다시 북적거리기 시작했다. 용철이 아저씨는 들은 척도 하지 않고 티브이만 들여다봤다. 나만 피식 웃었을 뿐 다들 웃지 않았다. 우리 반 애들은 정말 개성 만점이다. 이곳에 이렇게 모여 다들 앉아 있는 것만도 기적이다. 원민이는 말이 너무 느렸다. 원민이와 대화하려면 말하는 속도를 반쯤 늦춰야 했다. 말이 속사포처럼 빠른 기광이와는 앙숙처럼 사이가 나빴다. 별명이 할아범인 하범이는 허리를 통통 두드리며 오늘도 세상을 욕하고 있었다. 은서는 두 겹으로 쓴 마스크 속에서 콜록거렸다. 동숙이는 심성은 착했지만 부지불식간에 무쇠 주먹을 휘두르면 무서웠다. 다모증 중기는 오늘도 제모를 하고 있었고, 책상에 짐만 남기고 교실에 절대로 나타나지 않는 건 루다였다. 유슬이는 코스프레 중독이 심해 꽤 자주 모습을 바꿨다. 지난번엔 미소년이었는데 오늘은 초등학생이다.

개성 만점 아이들의 전학생을 향한 관심은 곧바로 식었다. 나는 류비를 보며 살짝 웃었다.

'처음 만난 자리에서 비대한 자아를 함부로 드러내면 좀 역효과 나지.'

윤리 선생님이 들어와 자리를 가리키며 류비의 등을 살짝 밀었다. 류비는 천천히 교실을 가로질렀다. 그러더니 선생님이 가리킨 자리를 잘못 알아들었는지 혜율이 자리로 다가왔다. 그러곤 혜율이 무릎 위에 앉았다.

"야!"

혜율이가 꽥 소리를 질렀다. 닭살이라고 외친 혜율이에게 전학생이 복수한 모양이었다. 아이들이 킥킥댔다.

'오, 제법인데?'

그렇게 생각한 순간 나는 봤다. 전학생이 정말로 당황한 표정을 짓고 있었다. 류비는 혜율이를 말 그대로 보지 못한 듯했다. 미안해하는 얼굴을 한 류비, 그런 뒤 잠시 움직임을 멈춘 그 애가 자기 자리를 찾아가는 모습을 보고 나는 그게 거짓말이나 장난이 아니란 걸 알았다. 무슨 병인지 잘 이해는 안 가지만 증세를 알려줬으니 우선 믿어봐야겠지? 전학생이 내 옆자리에 앉은 뒤

윤리 수업이 시작됐다.

수업 내용은 오늘도 기괴망측했다. 사고와 재난이 덮쳐올 땐 어린이나 약자가 아니라 어른을 맨 먼저 구출하라나? 사회에 헌신한 지도층이 이룬 업적을 존중하고 그들의 몸과 마음을 귀히 여겨 차별 없이 권리를 보장해야 한다나? 공평과 평등이란 말이 지조도 없이 변절이라도 한 게 분명했다. 그거야 알아서들 좀 하시지, 그런 게 뭐 수업이라고 가르치신담?

이어지는 심리 수업은 더욱 괴상했다. 망상과 공상에서 벗어나기 위한 마음 훈련이라나? 학교 커리큘럼에 항거하고 싶었지만 잠이 너무 쏟아져 투쟁할 겨를이 없는 게 아쉬울 따름이었다. 안 그랬으면 투사가 됐을걸? 내가 얌전하고 단정한 학생으로 보일진 모르겠으나 그건 사실 내

의사에 완전히 반한다.

뭐, 그 덕에 수업이 시작하자마자 곧장 잠들 수 있었다. 졸업 전까지 수면제를 내 돈 주고 살 일은 없을 거다. 세상의 소음을 완벽하게 무음으로 만들어주시는 윤리 수업이 자장가처럼 교실을 감쌌다. 나는 흐르는 침을 닦으려 한 차례 눈을 떴다. 보아하니 다른 애들도 눈만 부릅떴지 다 꼼짝도 않고 있었다. 잠든 게 분명했다. 전학생만 차마 잠들지 못한 듯했다. 류비는 애들을 한 명 한 명 빤히 바라보고 있었다. 나는 턱을 지나 귓가에까지 흐른 흥건한 침을 닦으며 곁눈으로 류비의 공책을 힐끗 봤다. 그 애의 공책에는 무방비한 표정으로 딴 세상에 가 있는 우리 반 애들의 인상착의가 귀엽게 그려져 있었다. 표현력이 일품이었다. 개그 만화처럼 점과 선으로 생략된 그림을 보자 풋, 하고 웃음이

터졌다. 그 순간 류비가 고개를 돌려 내
쪽을 바라보았다. 나는 반사적으로 아까처럼
좌우로 몸을 움직였다. 류비의 눈동자는 나를
좇지 않았다.

다시 잠들었던 나는 그 수업이 끝날 무렵
류비를 한 번 더 봤다. 이번엔 눈이 마주쳤다.
류비가 나를 보고 있었다. 언제나처럼
잘 잤지만 쥐가 났는지 가위에 눌렸는지
오늘따라 팔이 저렸다. 꼼짝도 할 수 없는
상태로 간신히 눈만 떴다. 그리고 그 애가
눈에 들어왔다. 류비는 마치 데칼코마니처럼,
거울 속 나인 것 같은 자세로 내 쪽을 마주
보고 누워 있었다. 깜짝 놀랐다. 얼굴이
가까웠다. 그 순간, 그 애와 정확히 눈이
마주쳤다. 그러자 류비가 살짝 나를 향해 웃어
보였다. 나는 저린 팔을 주무르며 억지로 몸을
일으켰다.

근데 너, 사람은 안 보인다면서? 류비는 애들을 보고 있었다. 잠든 나를 보고 있었다. 깊이 잠들어서 전혀 꼼지락대지 않는 인간들, 돌처럼 사물처럼 굳어버린 인간들은 볼 수 있었다.

전학생에 대한 애들의 얄팍한 관심은 조금씩 과한 장난으로 변해갔다. 전학생 앞에서 애들이 갑자기 움직였다. 살짝 다리를 내밀었다. 류비는 발에 걸려 휘청였지만 화내지 않았다. 애들은 일부러 짓궂은 짓을 했다. 그다지 즐기지도 않는 것 같은 얼굴로 웃기지도 않은 행동을 했다. 발끝으로 바닥을 더듬듯 신중하게 걷고 있는 류비의 등을 선생님들도 함부로 밀었다.

왜들 그러는데? 저러다 다치기라도 할까 봐 그냥 두고 보기 불편한 지경이 되고 있었다. 조금 더 지나면 나는 또 학교고 뭐고 다 때려치울 각오로 모두와 한판 붙을 것 같았다. 참다못해 책상을 턱, 치고는 벌떡 일어났다. 야, 정도껏 해라. 모두를 째려보며 눈치를 주었다. 아이들이 악의적인 움직임을 멈추고 슬며시 자리에 앉았다. 이 정도면 우리 반 애들도 그렇게 나쁜 애들은 아니었다.

반장 혜율이에게 애들의 고의적이고 과도한 장난은 말려달라고 말했다. 혜율이는 불친절한 표정으로 알았다고 했다. 아무래도 류비가 지팡이라도 짚고 다니는 게 좋겠단 생각이 들었다. 당장은 지팡이가 없는데 어떡한담. 나라도 지팡이 노릇을 해주는 게 좋지 않을까. 급식 시간에도 쉬는 시간에도 나는 조용히 류비 곁에 섰다. 귀가 밝은지 류비는 내가 가까이 있는 걸 금세 알아차린 듯했다.

류비는 자주 혼잣말을 했다. 마치 내가 곁에 있는 걸 알아차린 것처럼. 내가 들을 거란 걸 확신하는 것처럼 수다를 떨었다.

"고양이 좋아해? 나는 고양이 너무너무 좋아하는데 우리 두룸이랑 친해지질 못했어. 한순간도 멈추지 않는 아기 고양이였을 때 놀아줄 수가 없었거든. 두룸이가 열여섯이 되니 하루에 스물두 시간쯤 자서 털을 쓰다듬을 수 있었지. 그때부터 무지개다리를 건넌 날까지 언제나 같이 있었어."

나는 류비의 혼잣말을 듣다 무심코 추임새를 넣기 일쑤였다.

"인간은 안 보여도 고양이는 보이나 보네?"

"나이 든 고양이만."

류비는 내 말에 기쁘게 답했다. 혼잣말이 되지 않은 것에 안심한 듯 대화를 이어갔다.

대화를 나누며 나는 류비가 보고 있는 세상을 조금씩 상상해보기 시작했다. 류비는 움직임이 멎은 세상만을 볼 수 있다. 아무도 없는 공간, 류비가 움직임을 멈추고 가만히 기다린다. 그러면 정적을 두른 사람들이 하나씩 나타난다. 조용히 책에 집중하는 사람, 또는 휴식을 취하는 사람, 혹은 몸을 격렬하게 움직일 수 없는 사람들이 잠시 멈춰 류비의 시야로 들어온다. 줄곧 무인의 세계 속에 살던 류비는 그 순간 누군가를 환대한다. 세상이 조용해지면 류비의 세계는 북적거리기 시작한다.

어느 날 사회 선생님이 수업을 하다 쓰러졌다. 혜율이가 달려 나갔다. 행동이 빠른 기광이가 교단 옆 화상 전화로 다른 선생님을 호출했다. 은서가 사회 선생님의 호흡을 확인하며 심폐소생술을 시도했다. 긴급조치가 일단락되자 원민이가 천천히 다가와 느릿느릿하게 손을 떨었다. 중기가 털이 수북한 손으로 원민이의 등을 가만히 쓰다듬었다.

나는 심드렁하게 명배우의 연기를 보는 심정이었다. 노예가 과로해봤자 변혁이 일어나진 않는다니까. 머릿속에서 빈정거렸다. 그러곤 무심코 류비를 돌아봤다. 류비가 쇼크를 먹은 듯했다. 얼굴이 파랗게 질리기 시작했다. 류비에겐 선생님이 어떻게 보이는 거지? 류비의 시선으로 쓰러진 선생님의 얼굴을 다시 들여다봤다. 혹시 류비는 처음으로 선생님 얼굴을 제대로 보는 건가? 류비의 팔을 붙잡고 시선을 떼어 놓았다. 류비가 울기 시작했다. 유슬이가 귀여운 목소리로 류비에게 핀잔을 줬다.

"야, 야. 안타깝지만 쌤 아직은 안 죽었다."

나는 류비를 데리고 교실 구석으로 갔다. 정수기에서 물을 떠서 류비가 앉은 자리에 컵을 놓아두었다. 약 10초 후, 류비가 컵을 보고는 물을 마셨다. 류비가 깊은 한숨을 쉰 뒤 말했다.

"사람이 사랑에 빠지는 순간을 보고 싶어. 사랑스러운 사람만 마주하고 싶어."

애가 이 와중에 또 감성 포스팅하네? 가만히 얼굴을 찡그린 찰나, 류비가 덧붙였다.

"내가 만나는 얼굴은 매번 잠들었거나 지쳐버렸거나 아니면 죽어버린 사람뿐이야."

아……. 사물이 된 사람들, 움직임이 멎은 사람들만 볼 수 있다는 건 그런 의미구나. 달리는 사람도, 손뼉을 치며 기뻐하는 사람도, 어떤 이의 표정이 극적으로 변하는 순간도 넌 본 적이 없겠구나. 환희로 온몸의 모든 기운이

솟구치는 순간도, 누군가와 만난 반가움에 서로 손을 맞잡고 방방 뛰는 순간도 네겐 세상에 존재하지 않는 순간이겠구나. 동적인 움직임으로 가득한 자연이 움직임을 멎는다는 건 죽음과 가까운 순간이었다. 그렇게 생각하자 그동안 류비를 보며 코웃음 쳤던 걸 사과하고 싶어졌다.

나는 류비가 놓인 상황을 구체적으로 알고 싶었다. 이해해보고 싶었다. 류비가 이 세계를 어떻게 인식하고 있는지 알고 싶었다.

류비는 사람들을 목소리로 구분한다고 했다. 한번 마주친 사람을, 심지어 류비의 장애를 알고 있는 사람은 류비가 목소리만으로 상대를 구분해내면 깜짝 놀란다고 했다. 날아다니는 새나 곤충은 실제로 본 적이 없고 발랄한 고양이도 그랬다. 빠르든 느리든 움직이는 대상은 류비는 볼 수가 없다. 동체 시력이 극단적으로 나쁘기 때문이었다.

비교적 정확한 진단을 받은 건 류비가 자신의 증상을 말로 설명해 주변 어른들을 납득시키기 시작하면서였다고 한다. 정밀 검사를 받은 것도 열 살 생일이 훌쩍 지난 후였다. 각막과 수정체를 통해 망막에 물체의 상이 맺히기까지 류비에겐 다른 이들보다 더 긴 시간이 필요했다. 본인이 움직이기라도 하면 고정된 사물조차 모두 뿌옇게 사라졌다. 그러니 류비에게 지금 여기, 바로 이 순간이 존재한다는 걸 느끼는 가장 간단한 방법은 상대도 자신도 최대한 움직이지 않는 거였다.

“10초야. 내 눈 속에 상이 맺히려면. 10초가 걸려.”

눈에 보이는 인간이 없다더니, 그런 뜻이었구나?

"근데 그거 알아? 사람의 눈동자를 10초 동안 뚫어지게 바라보면 사랑에 빠질 확률이 아주 높아진대. 그러니까 내 눈에 자기 얼굴을 제대로 맺히게 하고 싶다고 생각하는 사람이라면, 그래서 꼼짝도 하지 않고 내 눈을 바라보는 사람이면 나랑 사랑에 빠져버리는 거야."

류비의 말을 듣고 이번엔 소리 내어 깔깔 웃고 말았다.

"그래서 너랑 대화 한번 하려다가 다들 사랑에 빠졌다고 자랑하려는 거냐?"

내가 비웃듯 말하자 류비가 쓸쓸하게 답했다.

"아니, 그 반대야."

나는 웃음을 멈췄다.

"아무도 없었거든."

설마, 정말?

"10초는 길어. 생각보다 영원에 가까운 시간이야. 나처럼 특수한 방식을 요구하는 사람에게 아무 이유도 없이, 소득도 없이 10초를 허락할 사람은 흔하지 않아. 내게 필요한 방식대로 자신의 시간을 기꺼이 사용할 사람은 별로 없어. 그게 10초든, 영원이든."

그 말을 듣고 나는 처음 류비 이야기를 들었을 때 느꼈던 감정을, 속 편하겠다거나 부럽다던 생각을 머릿속에서 살며시 지웠다.

처음에 류비 부모님은 딸이 심한 약시나 난시려니 생각했다. 시력검사를 반복하고 안경을 바꿨지만 아무도 정확한 증세를 몰랐다. 주변 사람들은 시력 문제에 더해 자폐와 유사한 증세가 있다고 추측했다. 검사 후에는 자폐와 양상이 다른 것 같다는 진단을 들었다. 그 후 심리적인 문제라고 여긴 부모님은 자신들이 태교에 실패했다고 자책했다. 유치원 교사들은 때때로 류비가 친구들에게 무례하고 잔인하게 군다고 평가했고 류비 부모님을 불러 공감 및 인지능력 치료를 권했다. 다들 본인이 이해할 수 있는 방식으로만 류비를 규정하려 했다. 정확한 진단이 내려지는 데만도 상당한 시간이 걸렸다. 너무나 희귀한 증세여서 그랬겠지. 그사이에 더 간편한 판정도 내려졌다. 사회 부적응. 그건 내게도 내려진 진단명이었다.

열 살 생일이 지날 즈음, 류비는 자기 상태를 제대로 이해하고 싶었다. 부모님과 어른들, 특히 자신을 도우려고 하는 사람들을 최대한 돕고 싶다고 생각했다. 그래서 자신의 상황을 열심히 기록하고 분석했다. 볼 수 있는 것과 볼 수 없는 것을 일기에 썼다. 티브이나

스마트폰 영상은 볼 수 없었고 태블릿 화면 등 전자적 정보로 만들어진 교재도 읽을 수 없었다. 책을 단단히 고정해 두고서야 눈동자를 천천히 움직여 느릿느릿 읽을 수 있었다. 태블릿으로 읽을 수 있는 전자책만 사주며 류비가 책에 전혀 흥미가 없다고 생각했던 부모님은 그때부터 골동품 가게에서 종이책을 사 모으기 시작했다. 음성으로만 이야기를 만났던 류비는 뒤늦게 책을 읽었다. 낡은 만화책이 류비의 보물이 되었다.

류비처럼 특별한 애와 마주하게 된 일이 신기하고 좋았다. 특별한 방식이 필요하다는 류비에게 내 존재가 인지되는 것도 기뻤다. 류비의 낡은 노트처럼, 한때 류비가 사랑했던 늙은 고양이처럼 나도 그 애의 소중한 컬렉션 중 하나가 된 기분이었다.

요 며칠 류비라는 애가 등장해 신경을 쓰게 하는 바람에 깨어 있는 시간이 약간 늘었다. 그래도 종일 잠이 쏟아지는 건 평소와 다름없었다. 어깨가 비틀리고 팔이 저리고 고개가 뻐근해지면 마음만은 편안했다. 생생하게 체감하던 온갖 불편함까지 잠 속으로 모두 사라지길. 완벽하게 몸을 구긴 채 나는 오늘도 열심히 잤다.

꿈속에서는 화났던 순간들을 다시 겪는다. 나는 왜 무의식중에 그 순간들을 반복해서 만나려는 걸까? 별것도 아니었던 일이라고 느끼도록 하려는 건지. 격분했던 순간에 내성이 생기게 하려는 건지. 몸의 반사작용이려나? 오늘 꿈엔 편의점 사장이 또 나왔다.

그날 나는 그야말로 꼭지가 돌고 말았다. 평소에도 돼지 사장의 역겹도록 과장된

위선과 악랄할 만큼 솔직한 천박함을 참을 수 없었다. 그는 그날 밤 부모까지 들먹이며 나를 게으르다고 모욕했다. 그 모양이니까 네 부모도 널 버렸다고 말했을 때는 그냥 그러려니 했다. 사실 그건 나도 가끔 했던 생각이어서 그랬는지 모르겠다. 그가 나의 두 번째 부모가 되어주려고 했다는 말에는 쓴웃음을 지었다. 남의 선의도 모르는 무례한 놈이라며 배신감을 언급한 것엔 어이가 없어서 웃지도 못했다. 위선을 떨고 싶으면 처음부터 끝까지 좀 일관되게 떨어주었다면 좋았으련만. 하지만 그것도 참을 수 있었다. 도저히 견딜 수 없었던 건 그날 밤 그가 추태를 부린 뒤 내게 뱉은 그 욕 때문이었다.

"게으른 새끼!"

이건 도무지 용납할 수 없는 말이었다. 네가 뭘 알아! 아니, 너 따위가 날 몰라도 상관없어. 하지만 내가 일분일초를 어떻게 보내는지, 얼마나 철저하게 사는지 네가 알아? 아무것도 모르면서 나보고 게으르다고?

나는 단 한순간도 긴장하지 않는 때가 없었다. 하지만 세상은 언제나 내게 말했다. 게으르니까 그 모양이라고. 아니거든? 나는 이 모양이라 게으르게 보일 뿐이라고! 아무리 소리를 쳐도 게으른 애가 뻔뻔하기까지 하다는 말만 들었다. 세상은 언제나 인과가 반대인 말로 나를 모욕했다.

나는 그날 참지 못하고 사장에게 다가갔다. 그는 네가 어쩔 거냐고 비웃으며 줄곧 무방비했다. 내가 절대로 아무것도 못 할 거라고 믿은 모양이었다. 마음 같아선 죽여버리고 싶었다. 하지만 날카로운 무기로 찌른 것도 아니고 둔기로 내리친 것도 아니고 그냥 멱살을 잡고 밀었다. 그뿐이었다.

무방비 상태였던 그의 아둔한 몸이 진열장을 넘어뜨렸다. 깨진 진열장 유리가 그의 팔을 베었다. 그는 노발대발했다. 자기 피를 보자 이번엔 진짜로 날 죽이려고 달려들었다. 넘어지면서 흉기가 된 진열장 유리 조각이 그 손에 들려 공중으로 떠올랐다.

경찰을 부른 건 나였다. 그리고 경찰에게 잡힌 것도 나였다. 경찰차 뒷좌석으로 들어가는 내 뒤통수를 향해 그는 속이 다 시원하다고 외쳤다. 그의 존재는 피해자 치고는 그 자체로 흉기로 보였다. 하지만 경찰들에겐 그렇지 않은 모양이었다.

"미친 새끼! 게으른 건 너야! 추잡한 새끼!"

경찰차 뒷좌석에서 나는 소리를 질렀다. 경찰이 조용히 하라고 윽박질렀다. 나는 부들부들 떨면서 게으르다는 표현을, 그 말의 무심한 잔인함을 곱씹으며 눈물을 쏟았다. 그러곤 좌석 등받이에 기대어 잠들었다. 푹 잤다.

꿈속에서 나는 매번 그 순간을 반복해 보고 있었다. 교실 책상 위에 잠들어 경찰차로 이동하고 있었다. 이렇게 될 줄 알았으면 그때 그 새끼를 죽였어야 했는데! 꿈인 줄 알면서도 눈물이 또 쏟아졌다. 침과 눈물을 동시에 흘렸다. 책상 위로 흐르는 걸쭉한 액체가 흥건히 왼쪽 얼굴을 적셨다.

그때 내 등을 쓰다듬는 손이 있었다. 늙은 고양이를 쓰다듬듯, 다 괜찮다는 듯, 천천히 네 속도로 움직이라는 듯. 따뜻하고 리드미컬하고 부드러운 울림이 통통 심장에 전해졌다. 내가 몸을 일으킬 때까지 류비가 내 등을 쓰다듬었다. 늙어버린 고양이를 만질 수 있어서 기뻐했던 것처럼 잠들어서 움직임이 멎어버린 나를 보며 류비는 기뻐하는 걸까. 나는 천천히 몸을 일으켜 왼쪽 얼굴에서 뚝뚝 떨어지는 눈물과 침을 소매로 닦았다. 내가 움직이자 류비도 쓰다듬던 손짓을 멈췄다.

"야, 나는 매번 너한테 자는 얼굴만 보이는 거잖아?"

민망함을 감추려 나는 투덜댔다.

"죽은 얼굴이 아니라 천만다행이지."

류비가 짓궂게 말했다.

"이것 참, 자는 얼굴이나 죽은 얼굴 말고, 나의 이 멋진 얼굴을 너한테 보여주려면 어떻게 해야 한담?"

멋진 얼굴을 운운한 내 농담을 부정하지 않고 류비가 담담히 말했다.

"말했잖아. 사람이 사물이 되면 볼 수 있어. 네가 움직임을 멈추고 날 10초 동안 바라본다면, 난 널 볼 수 있어."

"10초란 말이지?"

"응, 나도 움직이지 않아야 하니까 네가 내 눈을 보기 시작하는 타이밍을 똑같이 맞춰야 해."

나는 의자를 끌어 류비 책상 앞으로 다가갔다.

"하나 더, 내가 널 사랑하게 만들고 싶다면 내게도 그 순간부터 10초는 더 줘야 해. 그럼 우리는 서로 볼 수 있고 사랑할 수 있어."

아, 전학 온 날 말했던 닭살 돋는 그 얘기 말이구나. 나는 살짝 웃음을 참으며 심호흡을 했다. 최대한 움직임을 멈추고 류비의 눈을 바라볼 준비를 했다.

"자, 시작이야."

"응."

최대한 느리고 낮게 호흡했다.
눈도 천천히 깜빡였다. 교실의 소음은

그대로였지만 시간만은 멈춘 듯했다. 사물이 되어, 늙은 고양이가 되어, 꼼짝도 안 하는 돌이 되어 류비 앞에 섰다. 이제 누가 내게 게으르다고 욕을 퍼부어도 개의치 않을 수 있었다. 나는 멈췄다. 깨어 있는 동안, 잠들지 않은 채 내가 할 수 있는 최선을 다한 10초였다. 부지런하고 치열하게 보낸 10초였다. 마치 영원과도 가까운 10초가 흘렀다.

움직임을 멈추자 그 애의 눈 속으로 들어가는 기분이었다. 류비의 눈에 내가 맺혔다. 그 애의 속도에 맞추며 그 애의 미소를 기다렸다. 천천히 류비의 입가에 웃음이 떠올랐다. 눈빛만으로 우리는 서로의 마음에 천천히 맺혔다.

10초가 흐르고 류비가 나를 위해 10초간 더 집중했다. 어색하기도 하고 부끄럽기도 하고 민망하기도 해서 영원처럼 느껴진 10초가 또 한 번 흘렀다. 연속 20초를 만들기 위해 마주 보기를 반복했다. 몇 번 실패하는 바람에 몇 시간이나 류비를 바라본 것 같았다. 이렇게 가까이에서 사람의 눈을 뚫어지게 들여다본 일이 있었나? 이런 식으로 타인을 마주하는 일이 평소에는 없었다.

내가 조금이라도 움직이면 류비의 눈빛은 허전해졌다. 망막에 상이 맺히지 않았다는 걸 나는 알아봤다. 그러고 난 뒤 류비의 또렷한 눈빛이 떠올랐다. 나를 보고 싶다는 뜻이 담겨 있었다. 나는 다시 자세를 바로잡았다. 그 애의 눈빛이 변하는 다음 장면을 보고 싶었다.

그렇게 연속해서 20초 동안 서로를 바라본 우리는 동시에 웃었다. 그때 내가 알게 된 건 이상하게도 류비가 나를 이미 사랑한다는 사실이었다. 눈을 들여다보니 신기하게 그 애의 속마음이 전해졌다. 류비를 바라보는 것이 더 이상 어색하게 느껴지지 않았다. 그 순간, 나도 류비를 사랑하게 됐다는 것을 가만히 깨달았다. 사람이 사랑에 빠지는 건 단 10초, 하지만 영원과도 같다는 말은 정말이었다. 이토록 특별한 순간이라니. 우리 사이에 영원히 남을 시간이었다.

나는 호흡을 터트리며 자세를 바꿨다. 숨을 참고 있던 탓인지 아니면 다른 이유 때문인지 심장이 아프고 폐도 아팠다.

"숨차!"

갑자기 움직였으니 나는 류비의 시야 밖으로 갑자기 사라진 것처럼 보였겠지. 목소리만 듣고 있을 터였지만 류비가 내 쪽을 향해 말했다. 뿌듯한 표정이었다.

"이제부터 네 가쁜 숨소리를 들으면 네가 설령 보이지 않아도 내 곁에 있다는 걸 알게 될 거야. 나와 눈을 마주치기 위해 호흡을 가다듬고 움직임을 멈췄다는 뜻이니까."

류비가 그렇게 말해주니 내 행동이 꽤 로맨틱하게 느껴졌다. 나도 이젠 감성 포스팅을 할 수 있을 것 같았다.

나는 류비가 안전하게 일상을 영위하도록 돕고 싶었다. 사랑에 빠졌기 때문인지, 내가 원래 착한 사람이어서 그런 건지, 아니면 나도 원래 부지런한 녀석이라 그런 건지, 어쩌면 그 전부인지 잘 모르겠지만 그러고 싶었다.

류비의 속도는, 사는 방식은 상당히 독특했다. 지팡이를 들고 다닌 적도 있었지만 지팡이가 달리는 자전거 바퀴에 빨려 들어가는 바람에 자전거를 전복시킨 후 지팡이는 그만두었다고 했다. 한때는 자폐인인 척하기도 했다. 사회 부적응자인 척한 적도 있었다. 나는 사회 부적응자인 척한 적은 없었다. 적응한 일이 없었으니까. 그래서 굳이 반박하지 않았다. 근데 류비 넌 연기를 했구나?

비교적 정확한 진단을 받은 뒤에도 번거로운 상황은 계속됐다. 동체 시력이 나쁘다고 말하면 안경을 쓰면 되지 않냐고 묻거나 혹은 드라마에 나오는 초능력자냐고 반문하는 사람도 있었다. 류비가 걸을 때 세상은 소음뿐인 뿌연 정적이라는 걸, 움직이는 세상 모든 존재가 류비에게 위험 요소라는 걸 여러 사람에게 반복해 말하던 류비는 지치고 말았다.

“나한테 한 것처럼 설명하면 되잖아?”

쉬는 시간, 어깨가 결릴 정도로 꼼짝도 하지 않고 류비를 보며 내가 물었다. 딱딱한 자세로 의아함을 표현하는 나에게 류비가 웃어 보였다.

"너 같은 애가 없으니까 그렇지."

그 말에 기분이 좋아졌다. 류비가 나만큼 좋아하는 애가 달리 없다는 뜻으로 들렸다.

류비는 교실에서 이동할 때도 자주 걸음을 멈췄다. 약 10초간 주변을 보고 풍경을 인지한 뒤 다시 움직이기 시작했다. 같이 수다를 떨며 걷다가 갑자기 걸음을 멈추는 일에도 익숙해졌다. 그건 마치 열 박자짜리 왈츠를 추는 느낌이었다. 여기에 익숙해지자 다른 애들과 걷다가 걸음을 멈추지 않으면 이상하게 느껴졌다.

류비를 위한 안경 같은 장비는 없을까. 반경 몇 미터 이내의 물체를 인지하면 삑삑 신호음을 주면 어떨까? 장애물이 다가오면 바로 알아차릴 수 있는 그런 장치는 어떨까? 내 아이디어를 듣고 류비가 웃었다.

"사막에서 뭔가를 찾을 때 유용하겠네."

류비의 말을 듣고 깨달았다. 그런 방식으로라면 류비는 소음으로만 이뤄진 세계에서 살아야 한다. 주변의 모든 게 위험하단 경고신호를 보낼 테니까.

"그럼 앞쪽에 장애물이 나타나면 팔이나 이마를 꾹 누르는 건 어때?"

어린 시절 과학 시간 숙제로 발명품을 만들던 때처럼 나는 열심히 설계도를 그렸다. 긴 막대가 달린 머리띠를 그림 속 류비에게 씌웠다. 유니콘 같은 디자인으로 만들면 더욱 좋을 듯했다. 류비에게 필요한 시각 정보는 다른 감각으로 어떻게든 보강되어야 했다. 촉각 정보로 전방의 장애물과의 거리를 조정하는 것도 괜찮을 것 같았다. 유니콘 머리띠 아이디어에 류비가 질문했다.

"만원 전철이나 엘리베이터에선 어떻게

해?"

"그땐 뿔을 접게 할까? 안테나처럼."

"그 뿔로 내가 다른 사람들을 찌르고 다닐 것 같은데?"

"그것도 그렇군."

"너랑 같이 있고 싶은데 가까이 있으면 꾹 눌리잖아. 아픈 걸 견뎌야 같이 있을 수 있는 거야?"

"그땐 벗으면 되지!"

간단하게 말했지만 간단한 일이 아니었다.

이동할 때마다 중간중간 사진을 찍어 때때로 확인하는 방법도 제안했다. 그런데 액정에서 발산되는 빛도 류비의 눈에는 맺히기 어려웠다. 알아보니 이마에 카메라를 달고 카메라로 촬영한 화면을 뇌에 시각 정보로 직접 전달하는 시술도 있다고 했다. 그러나 비용이 천문학적으로 비싼 데다 사람에 따라 눈으로 보이는 정보와 뇌에 들어오는 정보 사이에 시차가 발생하면서 일상생활이 더욱 어려워졌다는 경험담도 있었다. 촉각으로 대화하는 방법도 있었는데 류비는 아무나 자신을 만져대는 건 기분이 나빠서 싫다고 했다.

"어렵네!"

"그러니까 제일 싸고 빠른 건 10초야. 나랑 마주 보는 거지."

"모든 사람과?"

"응!"

꼼짝도 하지 않는 10초는 어마어마하게 길게 체감됐다. 조금은 어색하고 오그라들고 느려서 영원처럼 느껴졌다. 직접 해보니 그랬다.

"내 앞에 서주기만 하면 그걸로 완성이야. 내 방식대로 맞춰주는 사람, 내 요구대로

따라주는 사람, 내가 보는 세상을 같이 상상해주는 사람을 만났으니 이미 완벽하지. 10초는 덤이라고.”

시간을 들여 자신을 마주 보는 상대의 10초는 류비에게 더할 나위 없이 값진 순간이었다. 그건 가장 값싸면서도 완벽한 순간이었다.

나는 과학 숙제를 열심히 하는 어린이처럼 매일 밤 캡슐 안에서 류비에게 유용할 도구를 그려보았다. 이러다 졸업 후엔 발명가가 될지도 모를 일이었다.

나는 매일 류비가 보는 세상을 상상했다. 잠들어 있다가 갑자기 벌떡 일어나는 인간을 보면 깜짝 놀라는 것처럼, 스르륵 잠에 빠진 사람은 류비의 눈에는 아무도 없는 곳에서 갑자기 나타난 인간처럼 보이겠지? 한숨을 푹 쉬고 몸을 말고 있는 고양이, 조용히 책을 읽는 사람, 입원한 환자와 안정을 위해 곁에서 가만히 손을 잡은 사람, 신호등 앞에서 걸음을 멈추고 하루의 피로를 어깨로 느끼는 사람, 주저앉아 떠가는 구름을 가만히 올려다보는 사람, 그렇게 자기 속도를 잠시 유보한 사람들이 류비의 세상 속에 불쑥 등장하겠지.

그렇게 생각하니 내가 잠이 많다는 사실도 참 좋은 일 같았다. 류비의 세계에 오래 머물 수 있으니까. 나처럼 느리게 사는 이의 속도가 누군가에게 유용할 수도 있다는 말을 들은 기분이었다. 잠이 많고 행동이 굼뜨고 일 처리가 조금 느린 것 때문에 핀잔을 듣는 건 어쩔 수 없다고 생각했는데 이제는 뿌듯하게까지 느껴졌다. 바삐 움직이는 다른 사람의 손을 끌어 알려주고 싶었다.

그렇게 서두르면 당신은 류비의 세계엔 아예 존재하지 않아요.

❖

요 며칠 교실에 양호 선생님이 들락거리기 시작했다. 얼마 전엔 하얀 가운을 입은 양호 선생님이 하범이의 요즘 몸 상태에 대해 꼬치꼬치 묻더니 하범이를 데리고 나갔다. 다음 날은 중기가 양호실로 불려 갔다. 늘 허리가 아파 별명이 할아범인 하범이에겐 교실 책상보다 양호실 침대가 낫겠다 싶어 별생각 하지 않았다. 하지만 은서에 이어 유슬이와 기광이까지 양호실로 불려 가 돌아오지 않자 조금 이상하단 생각이 들었다. 양호실에서 편히 누워 있는 게 아닐지도 모른다. 나쁜 예감이 들었지만 그 순간에도 나는 졸렸다. 아, 항의는 못 하더라도 무슨 일이냐고 물어는 봐야 하는데. 나는 늘 이런 식이다. 꿈은 꿔서 뭐 하나.

현실이 되지도 않을 것을. 그래도 눈을 뜨면 혜율이에게 말해야지. 불친절한 얼굴로 내 얘길 들어주는 혜율이에게 같이 물어보자고 말해봐야지.

그날 눈을 떠서 가장 먼저 들은 건 류비가 양호실로 끌려갔다는 말이었다. 양호실에 끌려간 애들은 다들 연구실로 보내진다고 했다. 교실 분위기가 우울했다. 돌아오지 않는 아이들이 걱정되기도 했지만 동시에 그건 곧 우리에게도 닥칠 일을 암시하는 예고편이기 때문이었다.

"야, 그게 무슨 소리야?"

이번에도 정보통인 혜율이에게 의지할 수밖에 없었다. 혜율이가 예사로운 표정으로 말했다.

"하범이랑 중기, 은서랑 유슬이, 기광이에 이어, 이번엔 학교 밖 사람 중에 동체 시력이 극단적으로 나빠진 사람이 확 늘었대. 류비 같은 인간들을 표본 삼으려는 거겠지? 전염성이 있는지 유전자 검사라도 하려나 봐. 피도 뽑을 테고, 아예 눈알을 꺼내 약품에 담으려 할지도 모르지?"

"얘가, 말을 해도 꼭……. 이 와중에 장난하지 마!"

잠든 사이 류비가 사라졌다는 것에 나는 가슴이 답답했다. 무심한 혜율이의 표정을 보니 화가 났다. 류비를 잡아간 당사자가 혜율이기라도 한 것처럼 불쾌했다. 그러자 혜율이가 효자손으로 등을 벅벅 긁던 것을 멈추고 나를 똑바로 노려봤다.

"내가 장난하는 것 같아? 여기서 누가 장난을 치는 것 같니? 응?"

혜율이의 표정이 얼어붙을 것처럼 차가워 보였다. 너 아니야? 너 말고 누가 지금 장난을

치고 있단 말이야? 혹시 네가 류비가 동체 시력 저하증을 전염시켰다고 고자질하기라도 한 거니?

"전염병이라니 말도 안 되잖아? 전염성이 있다면 우리도 다 같이 증세가 나타나야 했잖아. 그렇지 않잖아?"

발명품 낙서로 가득한 태블릿 메모장을 펼쳐 들고 나는 망연한 기분이 되었다.

"류비 눈을 고쳐주지는 못할망정, 이렇게 많은 방법이 있는데, 같이 살아갈 방법을 한 번도 생각해준 적도 없으면서 개를 이용할 궁리만 한다는 거잖아……."

내가 중얼거린 얘기를 들었는지 혜율이가 무심하게 말했다.

"특수한 인간에게 쏟는 에너지는 낭비라고 생각하니까. 학교 밖 사람들은 다들 그렇지. 아니, 학교 사람들도 그랬잖아?"

혜율이의 피부가 오늘따라 더 빨개 보였다. 본인은 닭살이라고만 표현했다. 나도 악성 아토피라고만 생각했다. 가까이에서 보고 알았다. 소매를 올리자 혜율이 피부가 드러났다. 옷으로 애써 가린 피부는 아예 악어가죽처럼 보일 만큼 딱딱하게 굳어가고 있었다. 자기도 그렇게 아프면서 넌 류비 일에 어쩜 그렇게 무심할 수 있니? 나는 아파 보이는 혜율이의 팔을 가리키며 쏘아댔다.

"야, 그러는 너는 특수한 인간 아니야? 네 피부병도 특수해 보이는데? 널 치료해 주겠다는 사람이 나온다면 그건 사회적인 낭비 아니야? 한두 사람 돌보려다 더 많은 사람한테 돌아가야 할 혜택이 못 가면 어떡해? 네가 그렇게 우선되어야 할 사람이야? 네가 그렇게 잘나고 중요한 인간이냐고!"

거의 울부짖는 나를 빤히 올려다보며 혜율이가 심드렁하게 말했다.

"알아, 그래서 마찬가지라고 말하는 거야. 나도. 그리고 너도."

나? 혜율이는 나를 보고도 마찬가지라고 표현했다. 뭐가 똑같다는 거지? 나는 적어도 너처럼 다 아는 척 무심하지 않아. 아무런 관심도 없는 사람이랑 나는 달라.

그러자 혜율이가 교실에 앉은 애들을 가리키며 설명했다.

"용철이 아저씨는 왜 티브이만 보고 있을까? 수업 중에도 계속 쓰고 있는 헤드폰에선 무슨 소리가 나오고 있을까? 아저씨는 왜 밤만 되면 아무 소리도 듣지 못할까?"

개성 만점인 애들, 어떤 잔소리에도 통제되지 않는 애들. 이곳에선 모두 저마다의 문제를 안고 있었다.

원민이는 굼벵이가 아니라 체감 시간이 남들보다 반절 정도로 느리게 흐르고 있었다. 그래서 원민이에게 말을 걸 땐 말하는 속도를 절반 이하로 떨어트려야 했다. 남들보다 두 배쯤 빠른 기광이의 말은 원민이에게 네 배 이상 빠르게 들렸다. 둘의 사이가 안 좋은 이유는 대화가 거의 불가능하기 때문이었다. 할아범이라고 불렸던 하범이는 단기간 급격히 노화가 진행되고 있었다. 기침을 달고 사는 은서는 산소 알레르기라고 했다. 무기 소지자라고 불렸던 동숙이는 말초신경 경화증 때문에 신체 일부가 돌처럼 굳어버렸다. 온몸이 다모증인 중기는 늑대 인간이라고 불렸다. 유슬이는 희귀 수축증 때문에 몸이 점점 작아지고 있었다. 인기척은 있지만 늘 비어 있던 자리에서 책장 넘어가는 소리가 들렸다. 온몸이 투명한 루다가 거기 있었다.

우리의 개성은 모두 제각각의 질병이었다. 하지만 내겐 개성도 질병도 없었다.

"나는? 나는 이렇게 평범한데."

그러자 혜율이가 어처구니없다는 듯 웃음을 터트렸다.

"네가 평범하다고? 누가? 니이가아아?"

혜율이가 손가락을 세워 나를 가리켰다. 그 손가락 끝은 찔릴 것처럼 날카로워 보였다.

"너 하루에 몇 시간 깨어 있어?"

나는 깨어 있는 시간이 거의 없었다. 밤에도 푹 잤고 낮에도 잘 잤다. 불편한 자리에서도 요람처럼 잤다. 잠든다는 건 꼼짝도 하지 않는다는 뜻이고 아무와도 충돌하지 않는다는 뜻이다. 그러니 잠든 나를 건드리지만 않는다면 내 생활은 평온을 가장할 수 있다.

"고양이도 아니고 인간이 하루에 스무 시간쯤 잠들어 있는 게 평범한 일은 아니지?"

나 역시 특수하다는 그 말은 너무 아팠다. 그리고 아프다는 자각은 이곳에 오게 된 그 일을 연상시켰다. 심야 편의점에서 일어났던 그 일이었다.

내가 일했던 심야 편의점은 사람이 거의 오지 않는 곳이었다. 꾸벅꾸벅 졸면서 일하는 애들을 봤기에 나도 슬쩍 아르바이트로 지원했다. 짧은 시간이지만 깨어 있는 동안 어떻게든 일해서 생계를 해결해야 했다. 먹는 것도 좋아하고 사람도 좋아한다는 사장은 내가 시설에서 산다는 것을 알고는 눈물을 글썽이며 두 번째 부모가 되겠다고 말했다. 불쌍한 것, 쯧쯧 하던 그의 얼굴이 처음엔 거짓이 아니었다고 생각한다. 그런데 내가 매일 꾸벅꾸벅 자고 있다는 걸 알고는 태도를 바꾸었다. 새벽 4시, 그가 편의점으로 들어왔다. 나는 푹 자고 있었다. 이상한 낌새에 눈을 떴을 때 불 꺼진 편의점 휴게실 천장이 보였다. 그의 손이 옷 속에, 또 한 손이 몸 안에 들어와 있었다.

토할 것처럼 역겨웠다. 피가 머리끝까지 솟구쳤다. 죽여버리고 싶었다. 하지만 차마 무기를 휘두르진 못하고 그냥 멱살을 잡고 밀었다. 사장이 노발대발했다.

"불쌍해서 거둬줬더니 은혜도 모르고! 게으른 새끼!"

나는 하루 중 깨어 있는 고작 네 시간을 일분일초까지 나눠서 바쁘게 움직였다. 남들보다 두 배 세 배, 아니 네 배 열 배 바쁘게 움직였다. 그래도 남들만큼 살긴 어려웠다. 이런 나를 보고 게으르다고? 네가 뭘 알아! 내가 얼마나 철저하게 사는지 네가 알아? 아무것도 모르면서 나보고 게으르다고?

편의점 사장의 팔에서 뚝뚝 떨어지던 핏방울을 떠올리면 머리가 아파왔다. 그를 죽여버리고 싶었다. 동시에 그를 다치게 해서 미안했다. 멍하게 굳어버린 내 어깨를 혜율이가 톡톡 두드렸다.

"우린 모두 제각각 원인 불명의 문제를 가지고 있어. 이곳에서 우린 평범할 수 있지. 다들 너무 특별하다는 점에서 말이야."

혜율이 말대로였다. 나의 혼수증은 특별했다. 혼수상태에서 깨면 대체로 잊었다. 고마운 일이었다. 여기 있는 한은 평화로울 수 있다. 하지만 졸업하면 어떻게 될까?

세상은 단 한 번도 우리 같은 이들이 가진 제각각의 이유에 주목한 적이 없었다. 그러곤 우리를 동시에 관리할 수 없다고 말했다. 결국 우리의 문제는 우리만의 문제가 되었다.

그 후 우리는 문제를 일으켰다. 아니, 누군가가 일으킨 문제 속에 놓였다. 편의점 사장이 나를 기물 파손과 폭행을 핑계로 무고죄로 몰았다. 내가 처한 특수한 상황에 대해 스스로 변호할 타이밍을 놓치고 나는 법정에서도 잠들어 있었다. 그동안 아무에게도 나를 이해받을 기회를 얻지 못했고 해결은 직접 해야 했다. 문제는 사장이 일으켰고 벌은 내가 받게 됐다. 지독하게 고독한 이야기였다.

"어떡할래? 양호실로 쳐들어갈까?"

혜율이가 말했다.

"오늘까지 류비는 양호실에 있을 거야. 곧 학교 밖으로 이송되겠지."

역시 정보통.

"야, 넌 그걸 지금 말하면 어떡해!"

또 왈칵 화를 내고 말았다. 혜율이는

여전히 무표정한 얼굴로 친절함을 잃지 않았다. 혜율이의 표정이 언제나 한 가지인 것도 피부 경화 때문일 텐데. 나는 혜율이를 늘 반절만 이해하고 있었다.

"자, 같이 가볼까?"

혜율이의 말을 신호 삼아 교실에 남은 애들이 모두 자리에서 일어났다. 어? 이렇게 우르르 몰려가면 일이 커질 것 같은데?

"나, 나랑 혜율이만 갔다 올게. 너희들은 그냥 있어."

그러자 용철이 아저씨가 말했다.

"한 사람만 나가도 모두가 탈주하는 거나 마찬가지야. 한 사람이 나가기로 하면 모두 같이 탈주하는 수밖에 없지."

그러자 루다 목소리가 들렸다. 목소리만 들렸다.

"그럼, 당연하지."

"가…… 보…… 자…… 고……."

잠시 후, 슬로모션처럼 원민이가 움직였다.

"혜율아."

"응?"

나는 어쩐지 기시감을 느끼고 혜율이에게 물었다.

"내가 잊은 게 또 있어?"

"너는, 자느라 못 본 것도 많고 잊은 것도 아주 많지."

"그중에서 제일 중요한 걸 하나만 말해봐."

"류비랑 네가 서로 사랑한다는 사실?"

얼굴이 빨개졌다. 나는 부끄러움을 감추려 이마를 짚었다.

"아, 쪽팔려. 언제 다들 알아차린 거야. 그거 말고는?"

"음, 네가 사랑에 빠진 게 이번이 여덟

번째라는 사실?"

"뭐라고?"

나는 아이들을 돌아봤다. 그러자 동숙이가 외쳤다.

"정확히는 아홉 번째야. 너희를 가장 오래 지켜본 건 나라고."

나는 류비가 전학 왔던 날을 떠올려봤다. 기둥 뒤에 숨어 있다 나타난 것처럼 갑자기 문 앞에 모습을 드러낸 류비. 선생님도 없이 교단에 선 류비. 눈에 내가 맺히지 않았을 테지만 나를 똑바로 바라봤던 류비. 그리고 류비에게 잠시 시간을 허락해준 아이들. 다들 알고 있었구나. 내가 주변을 완전히 잊는 때가 반복해서 온다는 걸. 다리를 내밀어 류비를 조금 곤란하게 만들었던 것도 다들 연출이었어?

"젠장. 나만 또 잊었구나."

아이들은 나의 부끄러움을 담담히 지나쳤다. 애들은 벌써 여덟 번이나 아홉 번쯤 빨개진 내 얼굴을 봤겠지.

교실 문 앞에 모두 모였다. 혜율이가 모두의 눈을 보며 각오했는지 물었다. 우리는 말없이 고개를 끄덕였다. 원민이가 잠시 시간을 두고 아주 천천히 고개를 끄덕였다. 원민이를 마지막으로 확인한 뒤 우리는 교실 미닫이문을 열었다. 그리고 보았다. 눈앞에는 촘촘한 철망이 펼쳐져 있었다. 교실 문은 열리지 않았다. 문은 장식일 뿐. 밖으로 나갈 수 있는 문은 어디에도 없었다.

동숙이가 다른 애들을 잠시 뒤로 물러서게 했다. 어깨를 흔들며 준비운동을 했다. 경화증으로 돌처럼 굳어진 주먹을 무기로 쓸 모양이었다.

"불이 될 거야. 떨어져."

"조심해. 다치면 안 돼."

루다가 카디건을 벗어 건넸는지 공중에 카디건이 떠올랐다. 동숙이가 손에 옷을 휘감았다. 캉, 캉 하는 소리가 번졌다. 잠금장치가 망가졌고 철문이 벌컥 열렸다. 그 순간 날카로운 경보음이 귀를 찌르기 시작했다.

"양호실은 건물 왼쪽 끝이야. 달려!"

혜율이의 목소리를 듣자마자 우리는 달리기 시작했다. 나와 혜율이가 가장 먼저 달려 나갔다. 젠장, 잠이 오기 시작했다. 이 타이밍에! 나는 뺨을 찰싹찰싹 때렸다. 사람들이 우리를 향해 달려왔다. 원민이가 가장 뒤처졌고 역시나 가장 먼저 붙잡히고 말았다. 나머지 아이들에게도 윤리 선생님과 상담 선생님이 달려들었다. 두 사람은 간수 복장을 하고 있었다. 이제야 직업적 정체성이 통일된 듯 보였다.

날카로운 비상경보음과 함께 복도를 메운 사람들의 함성이 점점 높아졌다. 좌우로 수많은 방이 늘어서 있었다. 나와 비슷한 또래의 아이들이 철창문을 흔들며 환호성을 내지르고 있었다. 야유와 응원이 섞인 목소리였다.

등 뒤에서 기척을 느꼈다. 윤리 선생님이 손을 뻗고 있었다. 이대로 붙잡히겠구나 하고 체념한 순간, 윤리 선생님이 풀썩 꼬꾸라졌다.

"얼른 가!"

윤리 선생님이 쓰러진 바닥에서 루다의 목소리가 들려왔다. 그가 몸을 날려준 걸 보지 못해 미안했다.

"고마워! 루다야, 미안해!"

복도 끝에 다가가려는 순간 양호실이라고 쓰인 방에서 몇 사람이 걸어 나왔다. 사람들한가운데 류비가 있었다.

"류비야!"

사람들이 끄는 대로 문 쪽으로 향하던 류비가 돌아봤다. 류비는 결박당한 상태였다.

"류비야, 우리 왔어!"

류비가 우리 쪽을 향해 웃어 보였다. 눈물이 쏟아지기 시작했다. 곁에 있던 사람들이 류비의 등을 밀며 밖으로 나가도록 유도했다. 류비는 안간힘을 쓰며 버텼다. 그리고 애원했다.

"10초만 주세요. 딱 10초면 돼요."

류비가 사람들에게 말했다. 나는 류비 가까이에 다가가다가 반사적으로 걸음을 멈췄다.

"얼굴만 보고 갈게요. 제발요."

류비를 끌던 사람들이 잠시 류비 뒤에 섰다.

1, 2, 3……. 영원과 같은 시간이 천천히 흘렀다.

4, 5, 6……. 조금만 기다려주세요.

7, 8, 9……. 나는 숨을 멈췄다.

"자, 이만 가지."

무리 중의 한 사람이 류비의 손을 끌었다. 류비가 휘청 흔들렸다. 1초만 더 주면 될 것을, 우리에겐 온전한 10초조차 허락되지 않았다.

"10초만 달라고 했잖아! 당신들한테는 그렇게 긴 시간도 아니잖아!"

류비가 절규했다. 사람들이 류비를 억지로 끌기 시작했다. 류비의 눈 속에 담기기 위해 그 자리에 붙박여 서 있던 나도 뒤에서 뻗쳐온 윤리 선생님 팔에 목덜미를 붙잡혔다. 혜율이는 사회 선생님에게 붙잡혔다. 쿵 소리와 함께 어깨부터 떨어져 복도 바닥에 뻗었다. 바닥에 뺨이 닿아 차가웠다. 등 뒤로

꺾인 팔에 통증이 흐르는 걸 느낀 순간 류비 목소리가 들려왔다.

"10초라고 딱 10초, 이 시간이 무슨 의미인 줄 당신들은 몰라! 나한텐 영원이라고! 이 순간이 아니면 영원히 못 볼 수도 있다고!"

"류비야!"

나는 목이 찢어지도록 류비 이름을 불렀다. 마지막으로 멋진 목소리라도 남겨주고 싶었는데 서러운 눈물을 쏟는 바람에 갈라지는 목소리로 비명만 질러댔다. 만약 우리에게 10초가 제대로 허락됐다면 어땠을까? 그랬더라도 류비는 날 보지 못했을 거였다. 류비는 폭포 같은 눈물을 흘리고 있었으니까. 그때 우리에게 온전히 영원한 시간이 허락됐다면, 내가 네 눈에 맺혔다면 나는 아마 폭포수 속에서 극기 훈련이라도 하는 애처럼 보였을 거야.

❖

우리는 복도 양쪽에 늘어선 아이들의 괴성을 들으며 교실로 끌려왔다. 탈주는 없었던 일이 되었다. 관대한 용서를 받은 게 아니었다. 교실에 머무는 게 최대치의 벌을 의미한다는 걸 모두가 알았다. 이곳 이외에 더 이상 감금하고 격리할 곳이 없다는 뜻이었다. 우리에겐 졸업도 없을 거였다. 여길 나가봐야 갈 곳도 없었다. 살아갈 곳도 살고 싶은 곳도 없었다.

이런 상황에서도 졸렸다. 나는 끌려오는 도중에 이미 잠들었다. 잠결에 목소리가 들려왔다. 잠만 쏟아지면 몽롱한 머릿속을 파고드는 사람들의 목소리였다. 언제나 혀를 끌끌 차며 내 머리통을 향해 비난의 목소리를 내리꽂았다.

— 증인, 더 할 말 있습니까?

— 마지막으로 할 말 있어?

— 야, 내 말 안 들려?

— 할 말 없으면 가라.

— 얘 좀 봐. 속 편하게 자고 있네.

— 내버려둬.

— 어차피 어딜 가도 적응 못 할 애야.

언제나 들려오던 목소리였다. 나에게는 나를 변호할 기회가 없었다. 늘 게으른 애, 할 말 없는 애란 얘길 들었다. 항변할 이유가 없어서 도피하는 거란 말도 들었다. 하고 싶은 말도 없을 거란 얘기까지 들었다. 내 마음을 그렇게 잘 알아? 난 그냥 졸린 거야. 하루 중 깨어 있는 시간은 너무 짧았다. 문제가 생겼을 때 해명할 시간조차 충분하지 않았다. 나조차 영문 모를 일이 발생했을 때 이유를 유추할 시간도 없었다. 내가 깨어 있는 시간에 맞춰 내 얘기를 연속적으로 듣고 취합해주는 사람도 없었다. 편의점 사장이 날 겁탈하려 했다는 걸, 내가 저항하고 항의하다가 그를 다치게 했다는 걸 어떻게 충분히 소명해야 한단 말이야? 언제?

다른 이를 보호할 시간은 물론 없거니와 나 자신을 방어할 시간도 없었다. 그래서 류비도 놓쳤다. 부끄럽고 참담했다. 무력하단 사실에, 절망이 온몸을 짓누른 것 같아 숨을 쉴 수가 없었다. 편의점 사장을 꿈속에서 늘 죽이고 싶었는데 속 깊은 곳에 감춰둔 진짜 마음을 이제야 알 것 같았다. 누굴 죽이고 싶은 게 아니었다. 죽고 싶었다. 나 같은 애가 열심히 살아서 뭐 할까? 아등바등하며 살아도 내 하루는 남들의 4분의 1밖에 안 되는데? 그것도 연속된 시간이 아니라 짧게 분절된 시간을 나눠서 하루를 주섬주섬 이어가야 한다고. 사랑하는 사람을 지키지도 못하면서 내가 오래 살면 뭐 하지? 세상에 이토록 쓸모없는 존재가 살아 있어도 되는 거야?

자면서도 어깨가 심하게 들썩이는 게 느껴졌다. 잠꼬대하는 고양이로 보일 텐데. 잠결에도 부끄러웠다. 낑낑대며 떨고 있을 내 어깨를 부드럽게 두드리는 손길에 눈을 떴다. 류비가 돌아왔나? 벌떡 일어나 돌아봤더니 혜율이였다.

"억울하지. 억울해. 그래서 마찬가지라고 말하는 거야. 나도. 그리고 너도."

나는 눈물을 닦고 물었다. 목을 몇 번이나 가다듬어야 했다.

"우리 교실에서 몇 번이나 탈출을 시도한 거지?"

여기저기 깨진 동숙이의 굳은 손을 바라보며 물었다.

"이번이 세 번째야. 첫 번째는 너랑 나만 시도했고 두 번째 이후엔 다 같이 움직이게 됐어. 어차피 문이 열리면 이곳에 남아 있는 건 아무 의미가 없으니까. 이번 탈출은 팀워크가 아주 좋았어."

그랬구나. 애들에게 고마웠다.

나는 혜율이에게 각오한 말을 했다. 내가 저지른 일도, 당한 일도, 누군가에게 솔직하게 말하기엔 그동안 너무 부끄러웠다. 그래서 아무 일도 없었던 척 입을 닫았다. 나조차 모르는 일인 척했다. 하지만 말해야 했다. 누군가에게 꼭 말하고 싶었다. 나는 나를 소명하고 싶었다. 깨어 있는 이 짧은 시간 동안 내가 할 수 있는 최선을 다해…….

"혜율아, 나 편의점 사장을 폭행했어. 그 사장이 내게 저지른 나쁜 짓을 가만둘 수 없어서 복수했어. 근데 시원하지 않더라.

누구에게도 말하지 못했어. 말할 기회가 없었어."

혜율이가 예사롭게 고개를 끄덕였다. 아, 나는 혜율이의 표정을 보고 알았다. 애써 용기를 낸 고백이지만 혜율이는 벌써 수십 번쯤 이 얘길 들었다는 걸. 그리고 그때마다 반복해서 내가 보인 신뢰를 혜율이가 받아 안았다는 걸.

"중요한 건……."

혜율이 말했다.

"류비와 용철 아저씨는 현장을 태연히 지나간 게 죄가 됐다는 점이야. 안 보이고 안 들렸는데 신체검사에선 장애가 드러나지 않았다지. 원민이나 너는 누명을 소명하려면 남들보다 두세 배 이상 시간이 걸린다는 점이고. 하범이는 어떤 늙은 자의 죄를 대신 갚고 있다는데 돈 때문이라지? 루다는 안 보이는 모든 곳의 용의자가 됐고 유슬이는 변장한 자가 나타난 범죄마다 범인으로 몰렸어. 중기는 인간 이하로 몰려서 온갖 범죄를 뒤집어썼다지."

그랬구나. 그랬어. 나는 고개를 끄덕였다. 영화였다면 약점을 초능력으로 승화시켜 다른 이들을 구하는 영웅이 되었을까? 하지만 현실에서 우리는 모두 무고한 죄를 뒤집어쓰기 쉬운 조건을 가졌을 뿐이었다. 그리고 무죄임을 소명하기엔 역부족이었다. 우리가 가진 바로 그 조건 때문에. 히어로로 거듭나기는커녕 자신을 지키기도 버거웠다.

"혜율이 너는?"

"나는 지문이 진즉 뭉개져 없어졌거든. 지문 다 닦은 현장에서 일어난 내 친구의 범죄를 뒤집어썼지."

교실에 앉은 애들의 시선이 우리에게

모였다. 알잖아. 같은 실수를 해도 똑같은 누명을 써도 만회하는 데에 누구나 똑같은 질량의 에너지가 드는 건 아니라는 걸. 모두 무언으로 말하고 있었다. 모두의 얼굴을 돌아보며 나도 무언으로 답했다.

알지, 내가 제일 잘 알지.

그리고 불리한 조건을 끌어안고도 류비를 구하러 가야 했다. 걸음이 위험하지 않도록, 마음이 억울하지 않도록 내가 류비 곁에 있어야 했다.

❖

혜율이와 시설 밖으로 나갈 네 번째 탈주를 계획하던 중이었다. 바깥이 소란스러웠다. 교실 밖 복도에서 엄청난 데시벨의 절규가 울려 퍼졌다.

"무슨 일이지?"

장식과도 같은 미닫이문을 열고 우리는 철창 너머 복도를 바라보았다. 철창 안에서 아이들이 입에 거품을 물고 쓰러지고 있었다. 내보내달라는 절규가 모든 문에서 일제히 쏟아졌다. 굳게 닫힌 문은 아무런 응답을 주지 않았다.

"혜율아, 이건 몇 번째 일어난 일이야?"

나는 또 내가 잊어버린 정보가 있나 싶어 물었다.

"이건…… 처음 일어난 일이야."

철창 안에 갇힌 애들은 우리와 같은 소년들. 범죄 이력을 가진 아이들이었다.

"애들 상태가 다들 이상해. 아무도 없어요? 구해주세요!"

선생님들, 아니 간수들을 불러야 해. 나는 철창을 붙잡고 흔들며 외쳤다. 철창을 두드리던 내 손을 혜율이가 가만히 멈추게 했다. 교실에 남은 아이들은 아무도 움직이지 않았다. 아무것도 기대하지 않는 눈빛이었다.

"우리를 봐. 이곳에선 아픈 자들에게 그 어떤 처치도 하지 않았어."

다른 이들이 구원받지 못하는 모습을 바라보며 나는 이 벽 안 세계의 진실을 마주했다. 그제야 이 교실에 오던 때가 기억났다. 이곳은 교실처럼 꾸민 감호실, 소년원에 들어온 뒤 우리는 이 안에서 한 번 더 고립됐다. 우리가 가진 특수한 문제는 밖에서도 제대로 규명되지 않았고 소년원 안에서는 한층 더 관심받지 못했다. 감호실 관리자들은 우리의 개별적인 상태를 제대로 인지하지도 못했다. 간수들은 우리에게 소년범, 사회 부적응자에 더해 한 가지 이름을 또 붙였다.

공상 구현병, 희귀성 망상 질환.

전에 한 번도 규정되지 않았다는 이유로 우리 몸이 표출한 현상은 고스란히 우리의 망상이 되었다. 우리는 이곳에서 두 번째 격리를 당했다.

바깥에서든, 이 안에서든, 우리가 가진 문제의 원인이 제대로 규명됐다면 어땠을까? 조치가 필요한 소년들이 그저 방치되었다. 슬픈 사실은 우리에겐 권리가 허락되지 않았다는 사실이었다. 이곳이 소년원이기 때문에 더욱.

연극 무대 같기만 한 교실 풍경을 돌아봤다. 이게 무슨 웃기지도 않는 장난이야?

천선(遷善) 소년원은 우리가 지나친 공상으로 망상 장애를 일으켰다고 판단했다. 각각의 케이스를 하나씩 들여다볼 여유가 없었다. 뭉뚱그려서 관리할 이름, 관리자에게 편리한 이름만 필요할 따름이었다.
망상이라니, 망상 때문에 혼수상태에 빠지나? 결국 나와는 아무 상관 없는 이름이 내 기록에 달렸다. 이곳이야말로 관리자들의 망상이 만들어낸 공간이었다.

학교라는 이름의 격리에 반발했던 자들은 따로 끌려갔다. 이 안에서도 항의와 소명이 늦은 자들만 남았다. 잠들지 않았다면 나도 싸웠을까? 내 문제인데 직접 싸울 시간이 없었다. 혜율이도 체념한 듯 말했다.

"나쁘고 아프고 심지어 약한 애들에겐 권리 따위는 없어."

소년원 아이들이 모두 무고죄로 온 건 아닐 거였다. 하지만 처벌받는 애들이라고 응급한 처치조차 못 받게 하면 징벌이 두 배가 되는 거 아니야?

우리는 동시에 복도를 바라보았다. 절규가 멎어 침묵이 흘렀다. 동숙이가 잠금장치를 또 한 번 부쉈고 문이 열렸을 때 바깥은 완벽하게 잠잠했다. 관리실로 달려간 루다가 시설의 모든 잠금장치를 해제했다. 아무도 우리를 제재하지 않았다. 간수들도 모두 쓰러져 있었다. 문은 열렸지만 복도로 나오는 아이는 아무도 없었다. 줄곧 교실 인테리어 안에 격리되어 살았던 우리만 밖으로 나왔다.

우리는 복도를 천천히 걸었다. 그리고 건물 현관문을 열고 밖으로 나왔다. 작열하듯 뜨거운 태양이 반짝이고 있었다. 너무 오랜만에 보는 태양이라 눈 안쪽까지 찔린 것처럼 아팠다. 어째서 우리만 이렇게 멀쩡한 거지?

밖으로 나오니 시설 공터에 커다란 텐트가 늘어서 있었다. 나는 공터를 둘러보다 하얀 그림자 하나를 발견했다.

"앗, 류비야!"

하얀 옷을 입은 류비가 공터에 가만히 서 있었다. 나는 류비를 향해 달려갔다. 손을 붙잡고 어깨를 얼싸안았다. 당황한 표정을 한 류비는 안정되어 보이지 않았다. 아직 나를 못 본 거였다.

"자, 10초를 셀게."

"응!"

류비가 눈물을 닦고 심호흡을 시작했다. 10초가 지나자, 류비의 얼굴에 웃음이 번졌다. 눈물과 콧물이 흐르고 웃음이 번져 내 얼굴은 아마도 엉망으로 뭉개졌겠지만 류비의 눈 속에 분명히 맺혔다.

그 직후 우리는 10초간 또 멈췄다. 우리는 이번에도 사랑에 빠졌다. 이번이 도대체 몇 번째일까? 지금까지도 셀 수 없었고 앞으로도

셀 수 없을 거였다. 계속 바라볼 거니까. 계속 사랑할 거니까.

텐트가 열리고 다른 아이들이 나왔다. 하범이가 텐트 안에서 들은 이야기를 우리에게 전해줬다. 어찌 된 일인지 희귀한 병을 가졌던 이들만 남고 그동안 정상이라고 불렸던 사람들이 모두 쓰러졌다고 했다. 기광이는 어떤 연구원이 말하는 걸 들었다고 했다. 특수하고 희귀한 변이 인간만을 남겨두려는 자연의 계획이라고. 연구원들은 텐트 안에서 우리들의 이름을 새롭게 바꿔 부르기 시작했다. 기광이의 속사포 같은 설명을 들으며 한숨이 났다. 우리는 그 말을 천천히 원민이에게 번역해주었다.

공상 구현병 분석용 표본.

바보들. 그렇게까지 보는 눈이 없으니 망상 상태에 머문 거야. 망상은 호명된 우리가 아니라 이름 붙인 사람들이 가진 문제였어.

우리나라는 유병 인구가 2만 명 이하인 질병을 줄곧 희귀병이라고 불렀다. 법령이 정의한 게 그랬다. 그런데 최근 1만 명 규모의 다양한 질병이 전 세계적으로 확산되기 시작했다. 의료진도 정부도 손을 쓰지 못했다. 경험치가 없었다. 그렇게 적은 수의 환자를 위한 치료법은 개발해본 적이 없었다. 해봤자 돈이 되지 않으니까, 소수자의 형편을 개선시키기 위해 움직인 적도 없었다. 개선된대도 어차피 그들이 큰 권력으로 이어지지 못하니까. 다들 그렇게 여겼기에 언제나 남의 일로만 남았다.

우리는 함께 텐트 안을 물색해 필요한 물품을 챙겨 바깥으로 향했다. 우리 같은 사람들이 어딘가에 남아 있을 거였다. 만나고 싶었다. 나처럼 망각성 혼수증인 사람이 1만 명이나 있을 거라 생각하니 가슴이 뛰었다. 류비와 같은 사람들이 1만 명이나 있는 곳을 상상할수록 설렜다. 우리는 어떻게 모이게 될까. 어떤 곳을 만들어 살게 될까. 나와 류비가 같이 살려면 어떤 마을을 만나야 할까. 궁금했다. 발명 숙제용 노트가 빼곡한 낙서로 가득 찰 날이 곧 우릴 찾아오겠지. 나 같은 속도로 세상을 사는 사람들이, 류비 같은 눈으로 세상을 보는 사람들이 다 같이 머리를 맞대는 날이 반드시 올 거야. 처음으로 그렇게 믿어보고 싶었다.

시설 정문을 열자 새들이 일제히 하늘로 날아올랐다. 저 새가 딱 10초만 같은 모습으로 같은 자리에서 멈춰 있다면 류비도 비상하는 새를 볼 수 있을 텐데. 자연은 그런 식으로 정지하지 않을 테지. 그래서 자신의 속도를 잠시 버릴 수 있는 인간만이 류비의 방식에 맞출 수 있다. 류비에게 필요한 방법대로 10초간 멈추어 그의 눈에 맺힐 수 있다. 그런 후에 사랑하는 일을 시작할 수 있다.

10초 동안, 하지만 영원하다고 말할 수 있는 그 시간 동안 우리는 서로를 바라보았다. 우리 얼굴에 동시에 미소가 번졌다. 우리 앞의 벌판에도, 우리 등 뒤에 남은 공터에도, 영원과도 같은 시간이 천천히 흐르고 있었다.

작가의 말

잘못 들어선 길에서 시작된 이야기

저는 10년 넘게 도쿄에 살고 있어요.
하루는 자전거를 타고 옆 동네를 지나가다
길을 잘못 드는 바람에 어느 폐건물을
발견했습니다.

Iryo Shonen_In: Medical Reformatory

저게 무슨 건물이지? 의료를 뜻하는

'Medical'이라는 단어가 먼저 눈에 들어와서 얼핏 특수한 병원인가 보다 했습니다. 검색해보니 (주석 스포일러 주의) 의료 OOO 시설이었습니다.•

집에 돌아와 관련된 정보를 찾아보았어요. 시설이 가진 문제점을 지적하는 기사들을 만날 수 있었습니다. 의료 시설에는 다양한 전문 분과가 있지만 이곳은 약물 치료나 심리 치료 등을 비롯한 정신의학적 처치를 주로 다루었다고 해요. 그리고 인력도 부족한 데다 운영에 명확한 사명이나 의지도 없어 특별한 조치나 개선을 꾀하기 어렵다는 담당자의 인터뷰도 보았습니다. 그 탓에 입소자들을 방치하거나 상황을 악화시키고 있다는 의견도 있었습니다. 시설에 대해 정확히 알고 나자 시설의 특성에서 상상할 수 있는 허점과 취약함이 여럿 떠올랐습니다.

그렇담 한국은 이런 시설을 어떻게 운영하고 있을까? 궁금해서 찾아본 결과, 한국에는 아예 존재하지 않는 시설이라고 해요. 아예 없으면 어떻게 되는 거지? 시설이 있어도 해소되지 않는 문제들이 이렇게 많은데, 예상할 수 있는 문제까지도 사각지대 안으로 빨려 들어가 사라지는 것처럼 느껴졌습니다. 만약 억울하게 입소한 사람은 어떻게 되는 걸까? 이중의 억울함과 이중의 방치 속에 놓일 텐데…….

그런 상상 끝에 이곳을 그즈음 구상하고 있던 이야기 속 배경으로 설정하게 되었습니다. 소통에 어려움을 겪는 사람들과 학교라는 은유적 공간을 설정하자 여러 인물의 상황이 연이어 그려졌습니다. 잘못 들어선 길에서 출발한 이야기가 어느새 한 공간을 가득 채우게 되었습니다.

요즘처럼 약하고 무력한 자들이 정말로 취약한 상황에 내던져진 채 각자도생이라는 말까지 듣는 일은 가혹할 만큼 징벌적입니다. 이 징벌은 정말 공정하고 공평하느냐고 따져 묻고만 싶습니다.

그래도 조금만 더 믿어보고 싶습니다. 잘못 들어선 길에서, 이미 실패한 어떤 흔적을 보면서 굳이 희망을 떠올려보고 싶습니다. 찰나의 순간밖에 가지지 못한 사람들의 10초에 불과한 시간이 영원이 되는 기적을. 자신의 귀중한 시간을 아무 이익도 없는 타인에게 기꺼이, 온전히 허락하는 기적 같은 사람을. 바로 당신을요.

• 의료 소년원, 보호소년의 의료 처우 향상에 필요한
치료 및 치유 전문 교정 시설.

2023년 봄

황모과

wefic - 16

10초는 영원히

초판 1쇄 발행 2023년 6월 14일
초판 2쇄 발행 2024년 8월 14일

지은이 황모과
펴낸이 최순영

출판2 본부장 박태근
스토리 독자 팀장 김소연
편집 곽선희 김해지 이은정
디자인 이세호

펴낸곳 ㈜위즈덤하우스 **출판등록** 2000년 5월 23일 제13-1071호
주소 서울특별시 마포구 양화로 19 합정오피스빌딩 17층
전화 02) 2179-5600 **홈페이지** www.wisdomhouse.co.kr

ISBN 979-11-6812-716-6 04810
979-11-6812-700-5 (세트)

값 13,000원

한 조각의 문학, 위픽 wefic

구병모 《파쇄》
이희주 《마유미》
윤자영 《할매 떡볶이 레시피》
박소연 《북적대지만 은밀하게》
김기창 《크리스마스이브의 방문객》
이종산 《블루마블》
곽재식 《우주 대전의 끝》
김동식 《백 명 버튼》
배예람 《물 밑에 계시리라》
이소호 《나의 미치광이 이웃》
오한기 《나의 즐거운 육아 일기》
조예은 《만조를 기다리며》
도진기 《애니》
박솔뫼 《극동의 여자 친구들》
정혜윤 《마음 편해지고 싶은 사람들을 위한 워크숍》
황모과 《10초는 영원히》
김희선 《삼척, 불멸》
최정화 《봇로스 리포트》
정해연 《모델》
정이담 《환생꽃》
문지혁 《크리스마스 캐러셀》
김목인 《마르셀 아코디언 클럽》
전건우 《앙심》
최양선 《그림자 나비》
이하진 《확률의 무덤》